COLECCION AUSTRAL INFANTIL

Alma Flor Ada, la autora, nació en Camagüey en una casona grande donde su abuela le contaba cuentos y hacían travesuras juntas. Siempre le ha fascinado leer, pero como los libros de la escuela le aburrían tanto decidió que de mayor escribiría historias divertidas que encantaran a todos los niños.
Le entusiasma contar cuentos y que pongan música a sus poemas para que se puedan cantar.

Vivi Escrivá, la ilustradora, nació en Valencia. Sus padres eran pintores y le enseñaron a mirar, imaginar y amar todo lo que le rodea. Los lápices y los pinceles fueron sus primeros y casi únicos juguetes. Estudió Bellas Artes y ha hecho muchas exposiciones de pintura. Sus marionetas también han actuado en teatros. Le encanta su trabajo porque así puede comunicar a los niños su pasión por el arte.

Alma Flor Ada / Vivi Escrivá

¿Quién cuida
al cocodrilo?

ESPASA

Director Editorial: Javier de Juan y Peñalosa
Editora: Nuria Esteban Sánchez

© Texto: Alma Flor Ada, 1994
© Ilustración: Vivi Escrivá, 1994
© Espasa Calpe, S. A., 1994

Depósito legal: M. 42.356-1996
ISBN 84-239-2890-X

Impreso en España / Printed in Spain
Impresión: UNIGRAF, S. L.

Editorial Espasa Calpe, S. A.
Carretera de Irún, km 12,200. 28049 Madrid

*Para Timothy Paul,
en la alegría de tu alegría*

Acababa de sonar la campana. Los niños se apresuraron a coger los animales que se llevarían durante las vacaciones.

—¡Cuidado, Jennifer! —exclamó la señorita Gómez, corriendo a rescatar la pecera de manos de Jennifer.. Dos pececitos dorados daban vueltas en el agua agitada—. Tienes que llevarla con cuidado. ¿Estás segura que a tu mamá no le importa que te ocupes de los pececitos durante las vacaciones, verdad?

—No se preocupe, señorita —contestó Jennifer y se marchó con la pecera.

—¿Puedo llevarme el cocodrilo? —preguntó Anita. Pero la señorita Gómez no le contestó. Estaba entregándole a Jonathan una caja de semillas para pájaros.

—¿Estás seguro que pediste permiso a tu abuelita para cuidarlos? —le preguntó.

—Sí, seguro, señorita Gómez —dijo Jonathan.

Como no podía cargar con la jaula y con todos sus útiles, Joaquín se apresuró a ayudarle.

—¿Puedo llevarme ya el cocodrilo?
—preguntó una vez más Anita.

La señorita Gómez no la oyó. Estaba
persiguiendo al conejo.

La señorita Gómez estaba un poco
despeinada y empolvada cuando logró
al fin agarrar al conejo.

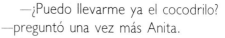

—No podrás abrirle la jaula, Oliver. No es fácil cogerlo cuando se sale. ¿Estás seguro que podrás cuidarlo durante todas las vacaciones sin dejar que se escape?

—Por supuesto, señorita Gómez. ¡Claro que sí!

La señorita Gómez hubiera querido tener un poco de la seguridad que le sobraba a Oliver. Pero no pudo seguir pensando en el conejo.

—¿Puedo llevarme ahora el cocodrilo? —preguntó Anita.

La señorita Gómez se incorporó. Miró a Anita a través de sus gafas. Anita sonreía.

—¿El cocodrilo? —respondió preocupada la señorita Gómez—. No había pensado que nadie se llevara al cocodrilo... Le iba a pedir al conserje que lo alimentara durante la semana de vacaciones.

—Pero, señorita Gómez —insistió Anita—. Usted prometió que todos los que completáramos el proyecto podríamos llevarnos uno de los animales...

—Sí, por supuesto, pero no estaba pensando en el cocodrilo. Es demasiado grande, su jaula ocupa demasiado espacio, come demasiado y... no huele demasiado bien.

—Pero yo terminé mi proyecto. Y usted misma dijo que escribir sobre tarántulas era una idea original...

La señorita Gómez suspiró.

—¿Estás segura que no tendrás problemas?
¿Pediste permiso?

—Le aseguro, señorita Gómez, que no habrá
problemas. Voy a pasar las vacaciones
en casa de mi tía Enriqueta. Nunca hay problemas
en casa de mi tía Enriqueta.

La señorita Gómez no estaba del todo
convencida. ¿Cómo se sentiría una tía cuando su
sobrina trae un cocodrilo a pasar las vacaciones?
En ese momento, la señorita Gómez hubiera
querido haberle hecho caso al director
cuando le dijo que quizá no necesitaba
un cocodrilo en la clase.

—Pero no llevaré la jaula, señorita —dijo
Anita—. Y necesito una cinta. ¿Puedo coger
una de las que tiene usted en el armario?

La señorita Gómez asintió distraídamente con
la cabeza. Se quedó pensando: ¿una cinta?
Pero no pudo seguir pensándolo mucho.
Jane se tambaleaba bajo el peso del acuario
de las tortugas.

—Esteban, Luis, por favor, ayúdenla —pidió la señorita Gómez—. No debes tratar de levantar el acuario tú sola. ¿Estás segura que te está esperando tu mamá en el coche?

—Sí, señorita Gómez. Ya fui a ver —respondió Jane—. Me dijo que me apurara porque tenemos que ir al dentista.

—Bueno, lleven el acuario con cuidado entre los tres —sugirió la señorita Gómez.

Y se dejó caer en una silla.

Mientras Esteban, Luis y Jane salían con el acuario, Anita se marchaba con el cocodrilo, que lucía una hermosa cinta verde.

—Muy buenas, Martín —saludó Anita, alegremente.

El chófer de la tía Enriqueta nunca miraba hacia abajo.

—Buenas tardes —dijo el chófer, muy serio, con la nariz empinada.

Anita entró al coche con el cocodrilo.

—¡Hola, tía Enriqueta! —dijo Anita alegremente.

—¡Ah! Eres tú, Anita.

La tía Enriqueta siempre esperaba que los demás hablaran para saber quiénes eran. Era muy miope. Pero no se ponía lentes porque era demasiado coqueta.

—¿Y te has traído un perro?

La tía Enriqueta arrugó el entrecejo.

—Espero que no ladre por las noches. Ya sabes que tengo el sueño muy ligero. No te puedes imaginar cómo me atormentan las ranas, que no dejan de croar en la fuente del jardín.

—No te preocupes, tía Enriqueta —respondió Anita con convicción—. Te aseguro que no ladrará.

Al día siguiente, mientras tomaban el desayuno,
la tía Enriqueta alabó a Anita:

—Tienes muy bien acostumbrado al perro.
No le he oído ladrar en absoluto.

Anita sonrió y se sirvió una tostada
con mermelada.

Esa tarde, mientras tomaban té, la tía Enriqueta
alargó la mano para acariciar al perro.

Nunca se quitaba los guantes para que no
se le bronceara la piel.

—Tienes que cepillar a este perro, Anita —aseguró
la tía Enriqueta—. Tiene el pelo muy áspero.

Anita mordió una galletita de almendras
y no dijo nada.

El domingo por la mañana, la tía
Enriqueta le propuso a Anita:

—¿Por qué no salimos a dar una vuelta
por el jardín? Puedes traer tu perro.

—Claro que sí, tía Enriqueta —respondió
Anita. Y fue a buscar al cocodrilo.

—Espero que no nos haga ir demasiado
rápido —dijo la tía Enriqueta—. Ya sabes
que no me gusta andar deprisa.

A la hora de la cena, la tía Enriqueta comentó:

—Me ha dado mucho gusto tenerte aquí esta semana de vacaciones, Anita. Y tu perro se ha portado maravillosamente bien. No ha ladrado ni una sola noche. Es más, ¿sabes?, desde que está aquí ya no me despiertan tanto las ranas por la noche.

Anita sonrió y se sirvió un poco más de salsa de arándanos.

Cuando Anita llegó
a la clase, todos los chicos
tenían algo que contar.
La señorita Gómez
los oía resignada:

—Mi abuela dice que
los pájaros ensucian mucho
—dijo Jonathan colocando
la jaula en su sitio.

—El conejo se escapó y se comió un trozo del sofá
—dijo Oliver—. Yo creo que no es su culpa,
porque el forro del sofá es verde, color de hierba,
pero mi papá se disgustó mucho y dijo que es el último
animal que llevo a casa.

—Mi hermanito tiró una pelota en la pecera y el agua salpicó la alfombra nueva —dijo Jennifer—. Mis padres no creen que sea una buena idea que lleve los peces las próximas vacaciones.

—Dejé a las tortugas caminar un poco por el piso de la cocina para que hicieran ejercicio —dijo Jane— y antes de que me diera cuenta habían desaparecido. ¡Y luego dicen que las tortugas son lentas! Por fin, mi mamá las encontró debajo de un estante. Pero cuando las estaba sacando se golpeó la cabeza. Y le echa la culpa a las tortugas.

¡Como si a las tortugas les importara si mi mamá se golpea la cabeza o no!

—¿Y a ti, Anita, cómo te fue con el cocodrilo?
—preguntó la señorita Gómez, dispuesta a oír lo peor.
     —Ya le dije, señorita Gómez —contestó Anita—,
que estaba segura que no habría ningún problema.
Al contrario, creo que mi tía Enriqueta
no había dormido tan bien hacía mucho tiempo.
Fue una visita perfecta.
     Y sonrió.

Fin

TÍTULOS PUBLICADOS